電車のカタコト

文・絵　隅垣　健

京都新聞出版センター

何かの拍子で、遠い記憶がよみがえり、どうしようもなく切ない気持ちになってしまう。

そんな経験は誰にでもあるのじゃないでしょうか。

心の奥には、過ぎし日々を閉じ込めておくひきだしがあるようです。

普段はぴったり閉じられ、まるで意識にのぼることもありません。ところが、このひきだしは、ひょんなきっかけでふいに開いてしまうのです。すると、しまいこまれていた思い出が、おさえようもなく次から次へと飛び出してくる――。

かつてマルセル・プルーストが書いたとんでもなく長い小説の主人公も、とつぜん呼び覚まされた過去を追想しました。その引き金となったのは、紅茶といっしょに食べたお菓子の香りでした。

もちろん、僕がこれから語るのは、かの大長編のような大それた物語ではありません。

広島の街で出会ったある乗り物がきっかけとなった、ちょっとだけ不思議で懐かしい体験なのです。

※

七月の初旬。

夏が盛りを迎えようとしているのに、さわやかな風が吹く朝でした。まだ目覚めきっていない広島の大通りを、僕はスーツ、そして片手にビジネスバッグという姿で歩いていました。

前夜までの所用をあわただしく済ませたばかり。でも一息つく暇もなく、朝の新幹線で東京へ戻らねばなりませんでした。

せっかく訪れた広島なのに、ゆっくりと見てまわる時間すらありません。この町の美術館には素敵な絵画コレクションがあると聞いていたので、ぜひ訪れてみたかったのですがね。

——せめて町を離れるまでは、ここの空気をじっくり吸ってゆこう。

そう思った僕は、宿を早めに出て、広島駅まで歩いてゆくことにしました。

街路樹のクスノキやクロガネモチが陰をつくる歩道には、早くも職場や学校へ向う人たちが行き交っています。絹のようにやわらかな日ざしのなか、人々はゆっくりと歩いていました。

広島は大きくて小さな町。

この町に、僕はなぜか親しみを感じます。

最近では高いビルも増えましたが、市街全体がなだらかな山と海に挟まれたエリアにぎゅっとまとまっています。そういえば僕が子ども時代を過ごした京都も同じように大きくて小さな町でした。どちらも山の緑が近い箱庭のような都会。ビルが並ぶ街路に立ちながら、四季の瑞々《みずみず》しい風を吸いこむことができます。親近感が湧くのはそのせいでしょうか。

ただし、それ以上の共通点はあまり見当たらないようにも思えます。かたや瀬戸内に開けた海辺の都市。かたや奥まった盆地の古い都。それぞれの町の個性はずいぶん違います。

では、どうして、ここまで心休まる気分になるんだろう。

カタコト、カタコト、カタコト、カタコト……。

そのとき、僕のそばをチンチン電車が音を立てて通りすぎました。

――ああ、やっぱりこれが理由なのかもしれないな。

僕が幼い頃、京都で『街の音』といえばチンチン電車が行き交う音でした。そ

の音が広島には今なおしっかり息づいているのです。
カタコト、カタコト、カタコト……。リズムよく鉄路を響かせる音が広島の街にこだまします。時おり、発車を知らせる鐘《かね》の連続音が、高らかに鳴りわたります。

かつては京都にも、チンチン電車（京都市電）が縦横無尽《じゅうおうむじん》に走っていた頃がありました。
というより、京都は1895（明治28）年に日本でいち早く電車を開業させた町でした。市民の足として親しまれ、昭和30年代には総延長約77キロ、まるで将棋盤《しょうぎばん》のマス目のように、市内各所が細かな路線網で結ばれていたのです。

　そんなことも今となっては、ある年齢以上の京都人しか知らない、ささやかな自慢話なのかもしれません。でも少年時代の僕には、何だか無性に誇らしく感じられたものでした。

　しかし、そんな京都も、時代の流れと無関係ではいられませんでした。日本が豊かになるにしたがって、町な

かには自動車がどんどん増えてゆきます。住民だけでなく、観光客もマイカーでやって来るようになりました。決して広くはない京都の街は自動車であふれかえるようになりました。

かつては都大路を我がもの顔で走っていたチンチン電車も、いつしか時代に取り残された遺物《いぶつ》と見なされるようになりました。通りを覆いつくす自動車の洪水の中で、すっかり邪魔《じゃま》モノあつかいになったのです。

そして、僕が小学生の頃、とうとう京都市電は廃止されてしまいました。１９７８年９月。もう何十年も前のことです。

僕のまぶたの裏っかわには、東大路から九条通りにかけての跨線橋《こせんきょう》を夕日に照らされ、車体を軋《きし》ませながら、カタコトカタコト走ってゆく市電の姿が今も焼きついています。

市電に変わって市内交通の主役になったのはバス、そしてほんの少しブランクをあけて地下鉄が登場しました。

今の京都でチンチン電車に近い姿をとどめているのは、嵐電《らんでん》（京福《けいふく》電気鉄道）と叡《えい》電《でん》（叡山電鉄）の一部車両だけになりました。

もちろん、今住んでいる東京でもチンチン電車は、ほとんど姿を消してしまいました。都電荒川線や東急世田谷線がかろうじて昔の面影《おもかげ》をとどめていますが、どちらかといえば町の片隅でひっそり生きているってイメージでしょうか。都市交通の花形として目抜き通りを堂々と行き交っていたかつての姿とは、ほど遠くなっています。

ところが広島の大通りには、今でもチンチン電車（広島電鉄）が現役の乗り物として元気に走り回っているのです。

カタコトカタコトカタコト……。

車体を小躍《こおど》りさせながら、次々通りすぎる電車を見送っているうちに、こちらまで心が浮きたってきました。

——そうだ。広島駅までこれに乗ってゆこうか。

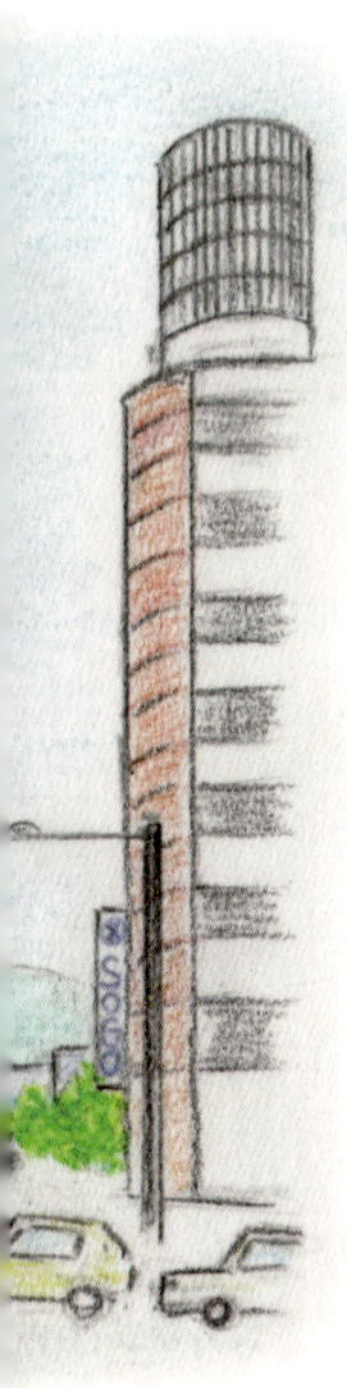

それは、とても素敵な思いつきでした。もともと広島駅まで歩くつもりで、平和大通りから鯉城《りじょう》通り、ようやく相生《あいおい》通りとまじわる交差点までテクテクやってきましたが、乗車予定の新幹線には、まだ時間の余裕もあります。急ぐ必要はない、の

んびりと電車に揺られてゆこう。
　僕は、通りの中央の長細い島のような電停（電車の停留所）へと渡りました。そこは紙屋町東《かみやちょう》という電停でした。
　少し待つと五両連結の電車が角をぐるりと曲がり、こちらへ向かってきました。ヨーロッパの街角でも見かけそうなスマートなデザイン。近年作られたと思われる機能的な新型車両でした。床が低くてお年寄りや体に障害がある人たちも乗り降りしやすくなっています。

でも、

――せっかくなら、もう少し古めかしい車両に乗ってみたいなあ。

と結局、その電車を見送ることにしました。

しばらくすると次の電車が角を曲がってきました。車輪とレールがこすれあう音がキキキッと高く響きわたります。

単車で、ダンゴムシのようにずんぐり丸っこい形。

うん、これこそ僕が待ち望んでいた古

風な車両です。

「よし、あれに乗ろう」

目を細め、近づいてくる電車を見つめていた僕は、やがて妙なことに気がつきました。

「あれっ？　これって、もしかして……」

その車両はとても懐かしい顔をしていました。いまにも「おや、久しぶり。元気にしとったかい」って微笑《ほほえ》みかけてくるんじゃないかと思ったくらいです。じわっと温かいものが胸一杯にひろがりました。今はもういない祖父母にいきなり町で出くわしたとしたら、ひょっとすると同じような気分がするのかもしれません。

「これって、まさか京都市電？」

でも、場所も時代も違う広島の町に、とうに廃止になった京都市電が走っているなんて。

首を傾げる僕の前に、電車はゆるりと停車しました。

車体は淡黄色と緑の上下ツートン。境目には、オレンジ色のラインがくっきり真一文字にひかれています。そして車両の脇腹には京都市交通局の逆三角形のマークがついています。

「やっぱり、京都市電なのかな」

扉が開きました。

僕は、狐に化かされたみたいな気分になりながらも、いざなわれるように電車に乗り込みました。

※

車内は、懐かしい匂いに満ちていました。

紅《あか》いベロア地の座席シート。

ほんのり緑がかったクリーム色に塗られたまるっこい天井。

「間違いない！」

僕はつぶやきました。

「これは確かに京都市電だ」

続いて、ひとりの老人が乗り込んできました。老人は、せきばらいをしながら「ちょっと、失礼」と言って、ステップの上で立ちふさがっている僕の顔を見上げました。背の低い痩《や》せた老人でした。右手に握るステッキ、そして鼻の下でモゾモゾ動くチョビひげが印象的です。

「ああ、すみません」

老人は、かたわらへ身を寄せた僕の脇を通り、座席に腰かけました。扉がキュッという音を響かせて閉まり、高らかな鐘の連続音を合図に電車は走り始めました。

ヴィイイブォオォグワァァァァアン。

低いモーター音がうなります。床から伝わるこの感じ、この振動。

——昔とまるで変わっていない。

僕は感激のあまり、吊革《つりかわ》やら、手すりやら、壁やら目に入るものに手を触れ、京都市電との思いがけない再会を喜びました。

ふと車内を見渡すと、乗客たちがこちらをじっと見つめていました。電車が動き出してもなお立ちつくし、手当たり次第触りながら感慨にふける僕の行動をしげしげと観察しているのです。並んで座っている二人の女生徒なんて、ポカンとした表情をうかべ、まるで珍しい生物を見つけたような視線をこちらに向けています。

我にかえった僕は、照れくささもあって、少々ぶっきらぼうな仕草で座席に腰かけました。チョビひげの老人の隣でした。

カタコトカタコトカタコト……。

僕は流れる車窓の眺めにじっと目をやっていました。しばらくそうして、息をひそめていると、じきに誰も僕のことなど気にとめなくなりました。

立町《たてまち》、八丁堀《はっちょうぼり》、胡町《えびすちょう》……、相生通り沿いにつづく広島の中心街を電車は走り抜けます。

カタコトカタコトカタコトカタコト……。

はたから見ている分には、のんびりした雰囲気のチンチン電車ですが、中に乗った者の視点からは、割とせわしなく走っているようにも感じられます。また、バスや自動車から見える町より、チンチン電車の車窓からながめる町の

ほうが心なしか活気づいて見えます。

銀山町《かなやまちょう》の停留所を過ぎると、電車は京橋川にかかる橋を渡りました。緩やかな流れのさきには、こんもりと繋った丘の緑が見えます。てっぺんには赤白まだらの電波塔。あれは比治山《ひじやま》でしょうか。どこの町にでもありそうな眺めですが、ほのかな郷愁《きょうしゅう》が呼び覚まされる味わい深さがありました。僕は人目をひかないように注意しながら、携帯電話のカメラで車内や車窓の光景を撮影しました。

「よっぽど、この電車が気に入ったようですな」

とつぜん、横合いから声をかけられました。隣に座るチョビひげの老人でした。僕と目があうと老人はにこりと微笑みました。

「いやぁ、懐かしい車両なもので、ついつい」

「ほう、懐かしい……。あんた、もしかして京都の人かね」

「ええ、生まれが京都なんですよ。これって京都の車両ですよね。なんでまた、こんなところにあるんでしょう？」

「うむ」

老人は重々しくうなずくや、いきなり右手に持っていたステッキをひょいとふりあげました。てっきりたたかれるんじゃないかと思った僕はとっさに防御の姿勢をとりました。でもステッキは、ふり下ろされることはなく、僕の目の先でピシッと止まっています。

老人は涼やかな声で言いました。

「ほうら、あそこをごらんなさい」

「へ？」

僕は防御のポーズのまま、ステッキで指ししめされた先を、振り返りました。

「あれじゃよ。あの丸っこいの」

見ると天井ちかくの壁に小さな楕円《だえん》形のパネルが取り付けられています。僕は

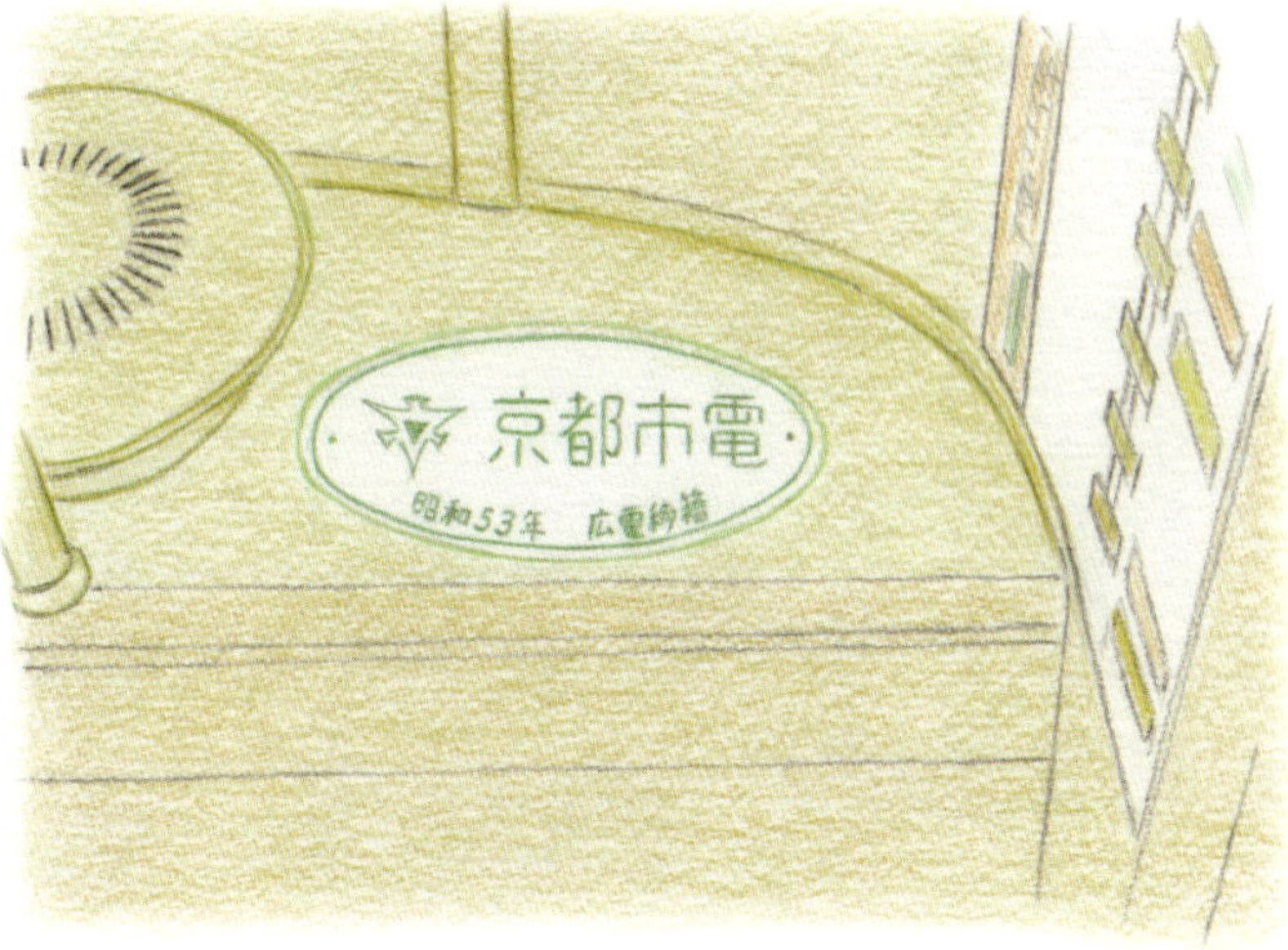

立ち上がってパネルに書かれた文字を読みました。

『京都市電　昭和53年　広電移《い》籍《せき》』

昭和53年ということは、１９７８年。京都市電が全面廃止された年です。すると、この車両は京都でも十分長く働いたのちに、新天地・広島へやってきて、さらに何十年もがんばっていることになります。

「広島電鉄には、いろんな町で使われていた車両が集まってきておってな。京都だけじゃないぞ。大阪とか、神戸とか、北九州の車両も走っておる。大阪から来た車両は大空襲も経験しているそうだ。そうそう、ドイツのハノーバーからやってきた車両もあるぞ。ハノーバーは広島市の姉妹都市なのじゃ」

老人は語りながら、目を細めました。「もちろん、戦前から広島で使われ、原爆の焼け野原を走った古い被爆車両も現役で残っておるがな」

「そうだったのですか」

僕も表情をゆるめました。「そんなふうに、古い車両が大事に使われているってありがたいことですね」

電車が、カタンと揺れて停まりました。稲荷町《いなりまち》という電停でした。一列に並んだ吊革がまるでシンクロ競技をしているように同時に前後に揺れ、僕は軽くつんのめりました。

僕は老人の隣に再び腰かけました。電車から降りた人々が窓の外をいそいそと歩いてゆきます。道沿いの商店主たちがシャッターを開けて、仕事を始める準備をしています。家並みが続くその向こうには、木々が揺れる山が間近に見えました。まるで京都の東山あたりを思わせる風景です。

「さっきから思っているのですが、この辺

りの眺めって、京都にとてもよく似た風情なんですよ。子どもの頃に乗った市電のことをついつい思い出してしまうんです」

僕がそう言うと、老人はふっと笑みを浮かべました。その表情が何とも親しげな感じがして、僕もつられて笑顔になってしまいました。

ガラガラガラガラ……、ヴィイイブォオオグワァァァァン。

電車が鈍い音をたてて動き始めました。車内にアナウンスが流れました。

「次は、四条河原町新京極《しじょうかわらまちしんきょうごく》、四条河原町新京極。高島屋前です」

※

「えっ？」

僕は耳を疑いました。アナウンスは確かに、京都の繁華街の名前を連呼したように思えました。僕は、老人にたずねました。

「いま、四条河原町新京極って聞こえたんですけれど、広島にそんな電停はないですよね」

老人はチラリ横目で僕を見て、フウムとうなりました。

「そうかい、あんたにも起こりはじめたのかもしれんな」

「起こるって何が？」

「まあ、落ち着いて周りをよく見てみなさい」

ふいに車外から乾いた踏切《ふみきり》の音が聞こえ、電車が停まりました。

進行方向に目をやると、通りの車列をさえぎるように、長い列車が進んでゆくのが見えます。黄緑と濃い緑で上下塗り分けられた車両。

　これはもしかして京阪《けいはん》電車？

　僕は、首をひねって周囲の町並みをぐるりと見渡しました。人々が行き交う歩道に沿って、土産物店や料理店が軒を並べています。背後の窓から見上げると、特徴的な破風造《はふづく》りの大屋根が目に入りました。

　――まさか、これは南座《みなみざ》じゃないか。

　そう、そこはまぎれもなく京都の四条通りでした。

いったい、どうなってるんだ？

僕の頭は混乱してきました。しかも、目の前に広がっているのは、どう見ても今の京都ではありません。少しすすけた感のある昭和四十年代の町並みでした。

やがて、三条行きの京阪電車が通り過ぎて、踏切の信号が青に変わりました。周囲の自動車とともに、僕が乗った車両もユルリと前進をはじめます。

ヴィイイブォォォグワァァァァン、カタコトカタコトカタコト、ガタガタガタガタ……。

大きな音を立てて、平面交差する京阪の線路を越えると、そこは四条大橋でした。

視界がさっと開けました。

鴨川《かもがわ》沿いの護岸《ごがん》の上には、料理屋の川床《かわゆか》と瓦屋根がびっしり並んでいます。はるか川上には、こんもりした糺《ただす》の森の深い緑が見えます。

「これは、どういうことなんです？」

僕は隣の老人にたずねました。この人は何か知ってそうです。

老人は落ち着いた口調で言いました。「動きだしとるんじゃろう。あんたの記憶の情景みたいなもんが」

「記憶の情景が動きだす？」

「ああ。原《げん》風景、いや心象《しんしょう》風景というべきかな」

老人の言っている意味が、僕にはさっぱりわかりませんでした。

橋を渡りきると、そこはもう京都の中心部です。電車はふたたびビル街のなか

へと進んでいきました。

木屋町《きやまち》の角には菓子会社の広告塔が建っています。夜になるとキラキラと電飾《でんしょく》が光るやつです。それは、ずいぶん前に取り払われて、今はもう存在しないはずの塔でした。

　通りをはさんで向かい側には阪急電車の地下駅への階段がパカリと口を開けています。その後方には、古い洋館ふうの建物がみえました。名曲喫茶のみゅーずです。初めてこの店を訪れたのは、まだ高校生だった頃。おっかなびっくりドキドキしな

がら入ったことを思い出します。かつて京都には、この手のカフェがたくさんあったものでした。

　高瀬川の細い流れのかたわらには赤い屋根の不二家がありました。舌を出して、ちょっと上目づかいのペコちゃん人形が着物を着せられて店の前に立っています。一階が洋菓子店、二階がレストランという造りです。ここは、子どもの頃から、家族で幾度《いくど》となく食事した場所でした。僕のお気に入りは、おもちゃとパラソルチョコ付きのお子さまランチ。この店も今は無く、ドラッグストアに変わっ

ているはずです。これらが、老人の言う「記憶が見せる情景」というものなのでしょうか。

やがて電車は、河原町《かわらまち》の交差点をいくぶん行き過ぎたあたりで停車しました。

「四条河原町新京極、四条河原町新京極」。

アナウンスが電停の名前を連呼しました。

扉が開きました。ここは繁華街のど真ん中、一気に多くの乗客が乗り込んできます。その中に、小さな男の子を連れた若い女性の姿を見つけて、僕はおもわず息をのみました。母でした。今じゃ、母はとうに古希《こき》を越えているのですが、目の前の母はまだ若々しい姿をしていたのです。

男の子はミニカーをにぎりしめながら、僕の目の前に立ってグズりました。

「ねえ、ママ。座るところがないようー」

「すぐに降りるんだからがまんしなさい」

まだ、三つか四つぐらいでしょうか。走り出した電車の振動で、男の子の体は不安定に揺れます。お母さんの手をしっかりと握り、よろめかないように必死に踏ん張っています。

この男の子ってやっぱり……。

「あのー、よろしければ代わりましょう」

僕は席を立ち、男の子を座らせました。男の子は、大喜びでした。歓声をあげるや、すぐさま靴を脱ぎちらし、窓に取りついて外をながめはじめました。

――そうだった。僕もこうやって車窓から外をながめるのが大好きだった。

「これっ」お母さんが男の子をたしなめました。「おじさんに、お礼を言った？」

男の子は上目づかいで僕を見つめ、「ありあ

とう」と回らない舌で言いました。お母さんが「すみませんね」と重ねて礼を述べました。

「いや、いいんですよ」と笑う僕の顔を見て、お母さんはハッと目を見張り「あらっ?」と言いました。僕は心臓がドキリとしましたが、なんとか平静をよそおって、「どうかしましたか?」と言いました。

「いえ、どこかでお会いしたような……」

お母さんは戸惑《とまど》ったような表情を浮かべていましたが、「ごめんなさい。人違いでしょうね」と言ってくすっと笑いました。

男の子は外を眺め、行き交う市電の車両やバスに手を振っていましたが、すぐに飽きてしまうと、こんどは窓枠やシートを道路に見立ててミニカーを走らせはじめました。

「ブウーン、ブーン」

「いいミニカーを持ってるね」

と声をかけると、男の子はふり返ってぼくを見上げました。

「うん、パパに買ってもらったの」

「どんな、車なんだい？」

するとと男の子は口をつぐんだままミニカーを手のひらに乗せ、僕のほうへグイッと突きだしました。白くてシンプルなデザインの初代カローラ。

そういえば、父が初めて手に入れたマイカーが、この車だったはずです。

やがて、母子は四条西洞院《にしのとういん》の停留所で降りました。去り際に、男の子は手を振ってくれました。お母さんも軽く会釈をしました。僕は左手を軽く上げました。吊革をにぎる右手が汗でじっとり湿っていました。車外に出た母子は、歩道の人ごみにまぎれて、や

がて見えなくなってしまいました。

フーッとため息をつきながら、僕は席に戻りました。僕の表情を見て、老人はニヤリと笑いました。「やっと、戻ってきたようじゃな」

電車が動きはじめました。

ヴィィィブォォォグワァァァァァァン、カタコトカタコトカタコト……。

「次は、的場町《まとばちょう》、的場町」

車内のアナウンスは、広島の相生通りにある電停の名を連呼しました。

※

「どうでしたかな？」

老人は静かにたずねました。

僕はあっけにとられていて、すぐに言葉がでませんでした。ただ、ぼうぜんと窓を見つめていました。そこには懐かしい昭和の京都の町並みはもうありません。現代の広島の光景が広がっていました。

ようやく落ちついてきた僕は、口を開きました。

「こんなことって、よくあるのですか？」

老人は少し間をあけてから答えました。

「それは、人によるじゃろう。けっして誰にでも起こることじゃあない」

「あなたには、あるんですね？」

「さっきも言ったが、ここでは戦前からの古い車両も使っておるからな。それに乗ると、やはり思い出すもの
じゃな」

老人は、チョビひげを右手の指先でさすりながら、静かに話しはじめました。

「わしの生家は電車通りの橋のそばにあったんだ。小さな頃から、屋根の物干し台に置かれた縁台《えんだい》に座り、カタコトカタコト行き過ぎるチンチン電車を眺めるのが大好きな子どもだった。三つ違いの弟とよく一緒にラムネを飲みながら手を振ったもんだ」

沿道から手を振る子どもが

いると、手を振り返して応えてくれる車掌さんもいたそうです。

　チャンバラ映画がはやった頃、彼は近所の友人たちと電車道の脇で派手なチャンバラごっこをしていました。ところが数人の友だちが、調子に乗って線路の上を横切り、通りかかった電車が急停車。幸い誰にも怪我はなく大事にいたらなかったのですが……。

「そのときは、カンカンになった運転士が飛び出してきて、大目玉をくらってなぁ」

　老人は、クックックと笑いました。

「実際ひどい遊び方じゃったからな。叱《しか》ら

れて当然じゃ。いかんことをすれば、周囲の大人たちが全力で叱ってくれる、そんな時代じゃった」

老人は一度話を止めて、すっと息を吸ってから、おもむろにつぶやきました。

「ふとしたときに、そんな頃の、そんな光景を車窓から見ることがある」

「懐かしい子どもの頃に、いつでも戻ることができるんですか？」

「そういうわけにもいかんのだ。こちらが戻りたいときに、自由自在に戻れるってわけじゃない。毎日、電車に乗っておると、そんな日がたまにあるという具合じゃな。そして戻れたとしても、わしはただの行きすがりの乗客として、その光景をじっと眺めるだけしかできんのじゃが」

そう言って、老人は軽くため息をつきました。

「でも、昔にひとときでも戻れるっていいですよね」と僕は言いました。

老人はしばらく何も言わず、何かを考えているようでしたが、やがて、おだやかな口調で言いました。

「この歳まで生きておると、いい思い出だけとは限らん、というのが困ったところなんじゃ」

「と、言いますと？」

「ほら、お前さんも知っておるじゃろう。昭和二十年のあの夏の朝のことを」

僕はハッとしました。

「あの年、わしは国民学校の六年生じゃった。あの朝は両親と弟といっしょに広電に乗っていた。ちょうど今頃の時間だな。青い空がずっと広がっておった。ツバメたちが忙しそうに飛び交わしておった。わしらは宮島線に乗り換えるために己斐《こい》へ向かっていたんだ。ここからずっと西、祖父母の住んでおった地御前《じごぜん》の阿品《あじな》へ行こうとしていた」

「でも……、ご無事だったんですよね」

老人は、静かに微笑みました。「ああ、大火傷をおったが、今ではこのとおりだ。でも、両親と弟がな……」

「そうだったのですか」
僕はそれ以上、言うべき言葉が見つかりませんでした。
車外に目をやると、そこに縁台に座って手を振る幼い兄弟の姿が見えたような気がしました。
電車は、広島駅に到着しました。老人は立ち上がりながら言いました。「しかしな。わしが生きている限り、家族たちも記憶の中で生き続けているのだ。それを遠くから見つめているだけでもいい。だから、あの日以前の家族と出会うために、一日に何度も何度も電車に乗っているというわけさ」

　僕たちは電車を降りました。老人はニコリと笑いました。

「また、広島に来なさい。お前さんの場合は、たまには過去に戻ってみるのも、そう悪いことじゃないだろう」

「ええ、是非」

　老人は、ステッキを軽く振り、そのまま駅の構内に消えてゆきました。

　僕はもう一度、京都市電の車両のほうを振りかえりました。年老いた電車は、新しい乗客を乗せて、また広島の町のなかへと走り去ってゆきました。

ヴィイイブォオォグワァァァァアン、カタコトカタコトカタコト……。

※

これで、僕が広島で体験した話はおしまいです。

話すたびに、夢か幻みたいなものを見ただけなんじゃないかって言われるのですが、君はどう思いました？

東京では、なかなかこういう体験はできないかもしれません。やはり、東京で流れる時間は、未来へ向かって進む力が強いようです。

だから、また子どもの頃にふと帰りたくなったら、失われた時をふり返ってみたくなったら、もう一度広島の町へ行ってみようと思っているんです。

電車のカタコト
おしまい

京都市電 系統図

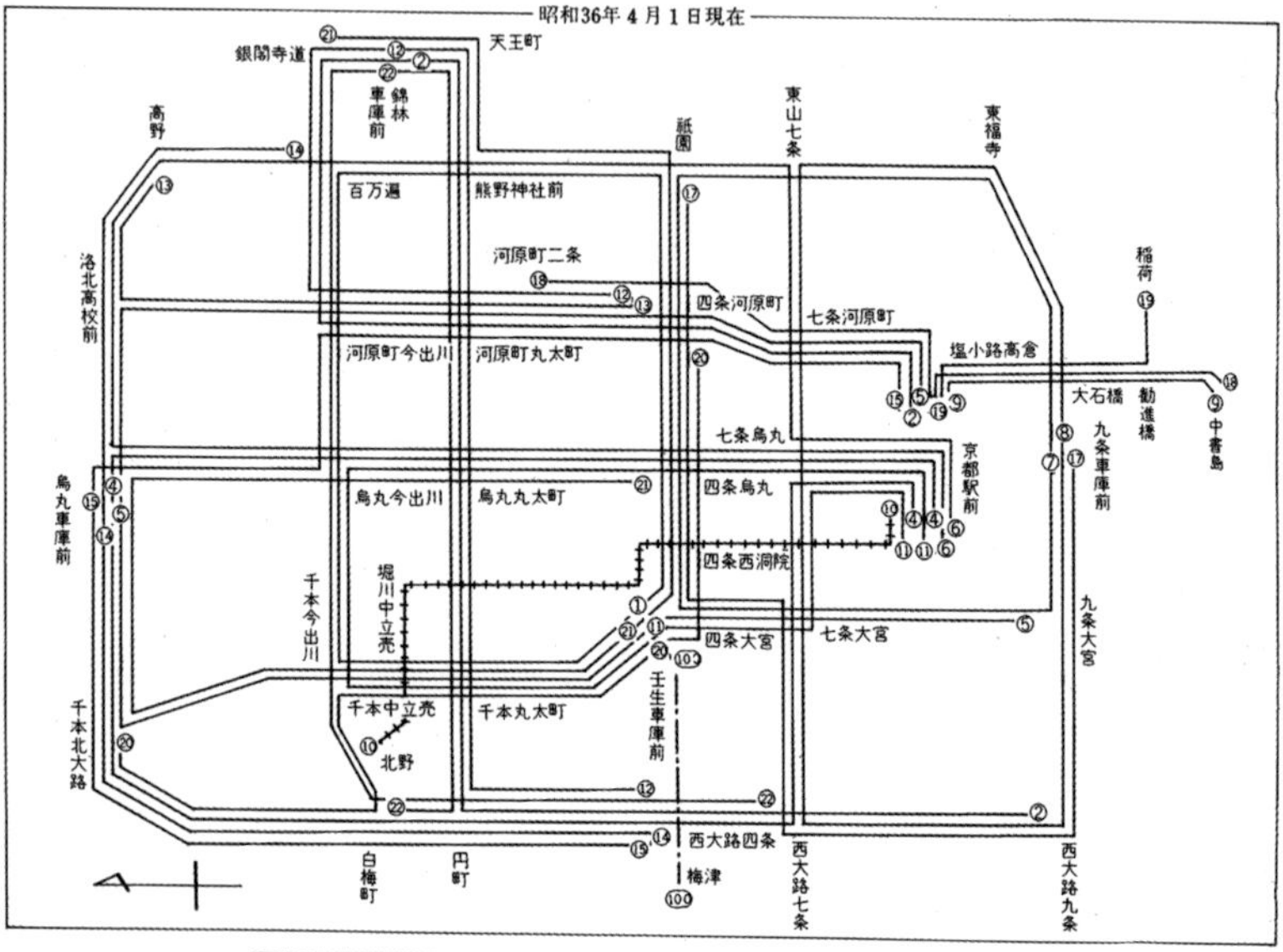
昭和36年4月1日現在
銀閣寺道
天王町
錦林車庫前
高野
東山七条
東福寺
祇園
百万遍
熊野神社前
稲荷
河原町二条
洛北高校前
四条河原町
七条河原町
塩小路高倉
河原町今出川
河原町丸太町
大石橋
勧進橋
中書島
七条烏丸
京都駅前
九条車庫前
烏丸車庫前
烏丸今出川
烏丸丸太町
四条烏丸
四条西洞院
千本今出川
堀川中立売
四条大宮
七条大宮
九条大宮
千本中立売
千本丸太町
壬生車庫前
北野
千本北大路
西大路四条
白梅町
円町
梅津
西大路七条
西大路九条

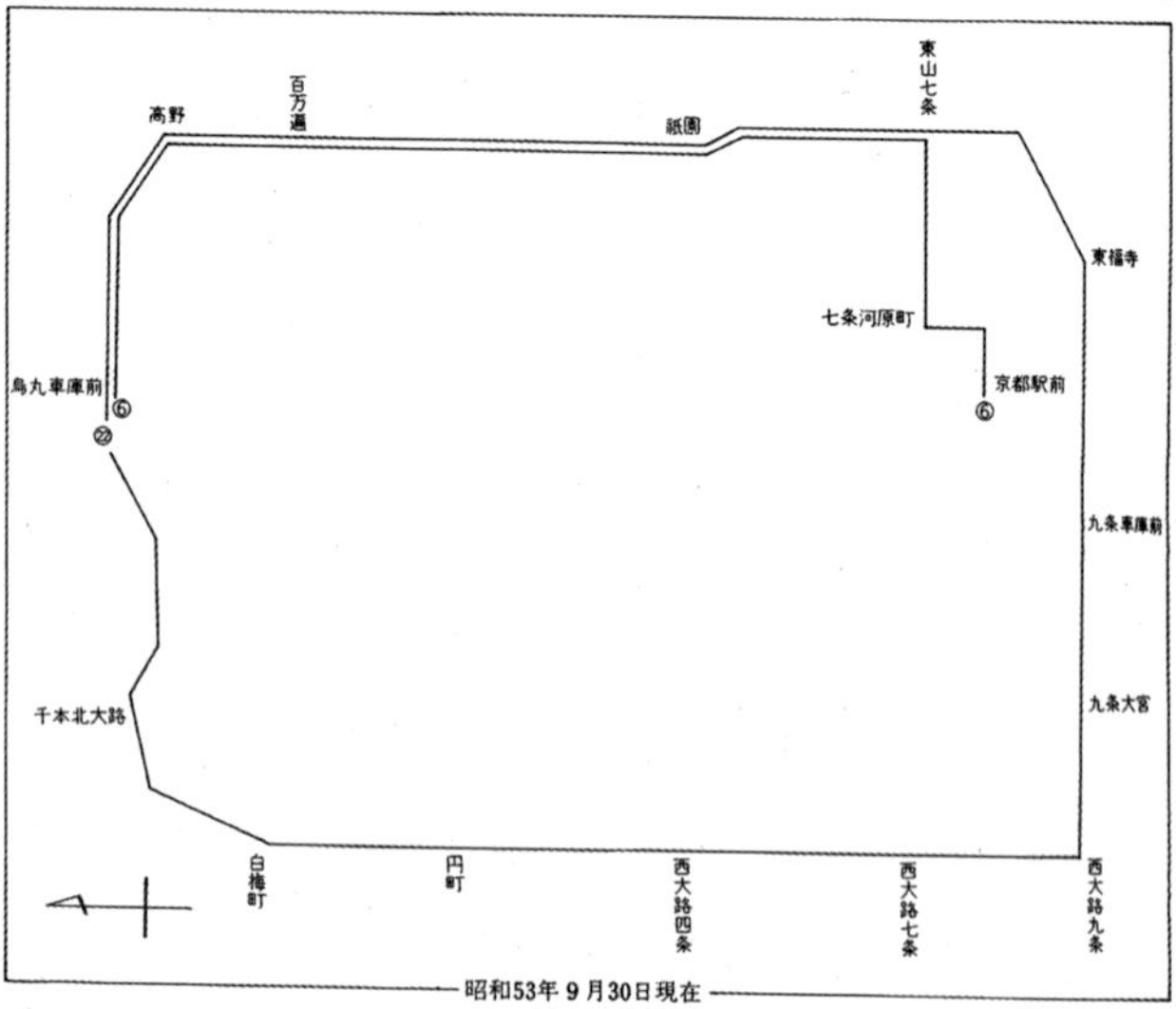
高野
百万遍
祇園
東山七条
東福寺
七条河原町
烏丸車庫前
京都駅前
九条車庫前
千本北大路
九条大宮
白梅町
円町
西大路四条
西大路七条
西大路九条
昭和53年9月30日現在

広島電鉄 路線図（2018年現在）

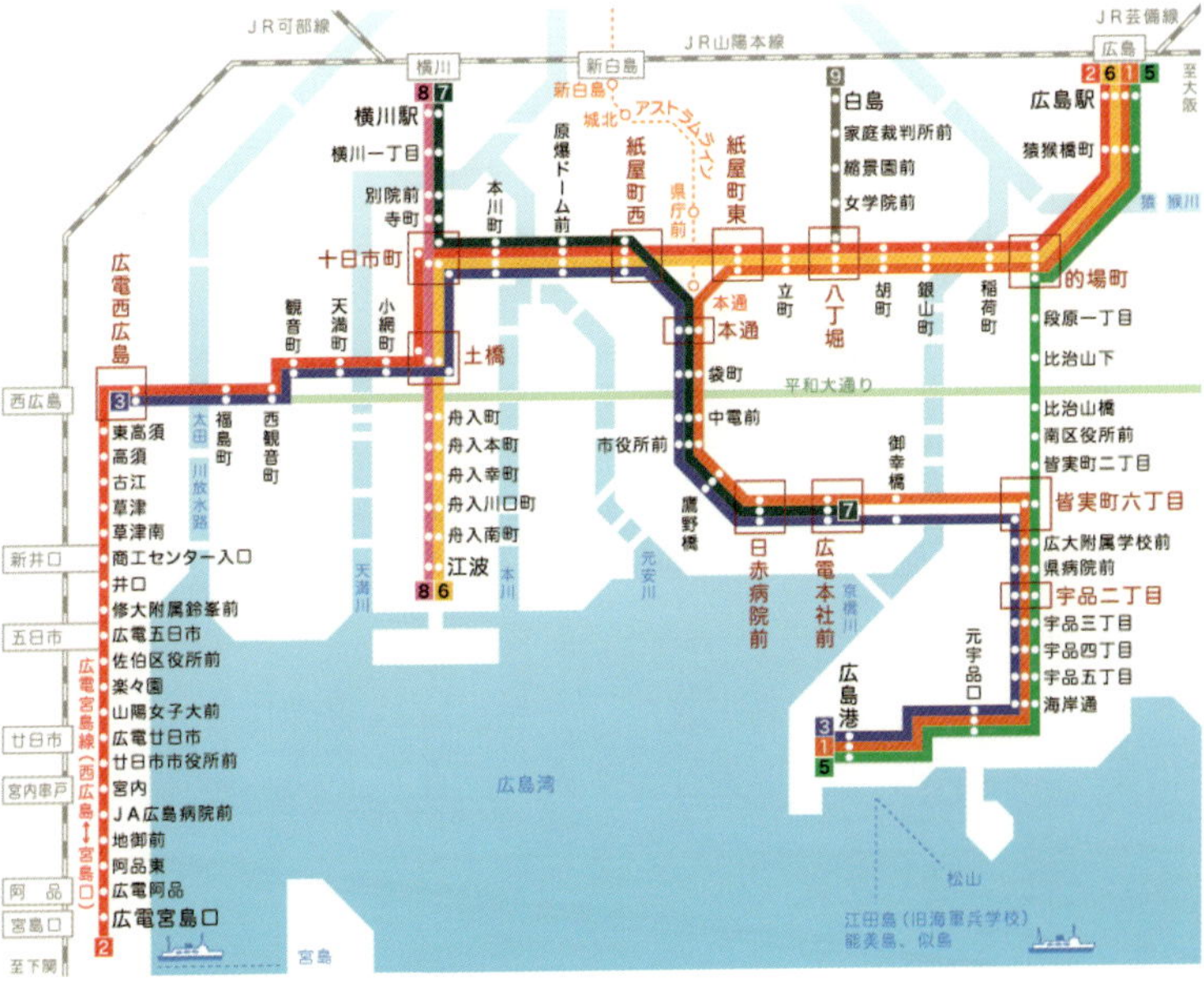

広島電鉄について

広島市内を運行する市内線（軌道区間）19.0kmと広電西広島～広電宮島口間の宮島線（鉄道区間）16.1kmを合わせた計35.1kmを営業。全線複線で運行系統は8系統。車両数は連接車両60編成・単車75両（計298両）。1日平均15万5千人の利用者数は、路面電車としては国内最多。〔2018（平成30）年3月末現在〕

1912（大正元）年11月23日の開業以来、原爆被災の数日間を除いて運行を継続。昭和40～50年代にはモータリゼーションの進展や道路渋滞による利用者の減少から、全国的に路面電車が廃止されましたが、広島電鉄では自動車の軌道敷内乗り入れ禁止、電車優先信号の設置、交差点への軌道敷内停止禁止ゾーンの設置など、路面電車の走行環境の改善施策を行政とともに実施しました。また、老朽化した車両の代替と車両大型化を図るため、京都、大阪、神戸、北九州、福岡など路面電車が廃止となった各都市から111両を購入しました。これらの車両は各都市で使用されていたカラーのまま運行させたため「動く電車の博物館」と呼ばれ、全国的にも有名になりました。

1980年代以降は新しい技術を取り入れた新型車両を積極的に導入し車両の近代化を図りました。1999年以降は車両のバリアフリー化促進のために低床車両の導入を進めています。

京都市電年表

年月	事項
1890(明治23)年4月	琵琶湖疏水完工
1891(明治24)年10月	蹴上発電所が送電開始
1894(明治27)年2月	高木文平が「京都電気鉄道」(京電)設立
1895(明治28)年2月	京電が営業開始(七条停車場―伏見町油掛)
3月	遷都千百年記念祭
4月	木屋町鴨東線開通(京都駅前―木屋町二条―南禅寺)
	第4回内国勧業博覧会開催(岡崎)
9月	中立売線開通(木屋町二条―堀川中立売)
11月	平安神宮造営成る
1897(明治30)年5月	京都帝国大学開設
1900(明治33)年5月	北野線(堀川中立売―下ノ森)開通
1901(明治34)年3月	出町線(寺町丸太町―出町橋)開通
12月	堀川線(下立売―三条)開通
1902(明治35)年2月	城南線(堀川押小路―千本二条)開通
4月	北野線に一等車登場
10月	堀川線延長(堀川三条―四条西洞院)
1904(明治37)年8月	稲荷線(稲荷道―伏見稲荷大社)開通
12月	堀川線延長(四条西洞院―塩小路新町)
1907(明治40)年8月	南禅寺から蹴上まで延長
1910(明治43)年3月	嵐山電鉄(京福電鉄)嵐山―四条大宮で開業
4月	京阪電鉄開業(大阪天満橋―五条)
1912(明治45)年5月	北野線延長(下ノ森―北野)
	御池線(堀川―二条駅)開通
6月	城南線廃止
	京都市電開業　千本大宮線(壬生車庫―千本丸太町)丸太町線(千本丸太町―烏丸丸太町)烏丸線(烏丸丸太町―烏丸塩小路)四条線(四条小橋―四条西洞院)
1912(大正1)年8月	京津電車三条―大津間開業
9月	千本丸太町―千本今出川開通
	壬生車庫―四条堀川開通
11月	千本今出川―今出川大宮、四条大宮―七条大宮―烏丸七条開通
12月	四条小橋―祇園、東山三条―渋谷、今出川大宮―烏丸今出川開通
1913(大正2)年4月	渋谷―七条河原町、熊野―烏丸丸太町開通
5月	烏丸今出川―烏丸丸太町開通
8月	七条河原町―七条烏丸開通
1914(大正3)年3月	伏見油掛―東浜開通
8月	東浜―中書島開通
	京都駅改築(二代目)
1915(大正4)年10月	京阪電車三条―五条間開通
11月	大正天皇即位御大礼式典
1917(大正6)年10月	烏丸今出川―寺町今出川開通

1918(大正7)年6月	京都市が京都電気鉄道を買収
7月	高倉線、御池線休止
1923(大正12)年10月	烏丸今出川―烏丸車庫、烏丸車庫―北大路橋開通
1924(大正13)年10月	河原町丸太町―河原町今出川―寺町今出川開通
1925(大正14)年9月	叡山電鉄出町柳―八瀬間開通
1926(大正15)年3月	嵐山電気鉄道帷子ノ辻―北野間開通
7月	河原町丸太町―四条河原町開通
9月	京電路線の木屋町線、鴨東線など廃止
1926(昭和1)年12月	四条河原町―河原町五条開通
1927(昭和2)年4月	河原町五条―七条河原町、七条大宮―山陰線踏切まで開通
1928(昭和3)年1月	熊野神社―百万遍開通
5月	京都市営バス開業(出町―植物園)
6月	千本丸太町―円町開通
11月	昭和天皇即位大礼式典
	円町―西大路四条、山陰線踏切―七条千本、東山七条―東福寺開通
	奈良電鉄京都―西大寺開通
	新京阪(阪急)西院―大阪天神橋、桂―嵐山開通

1929(昭和4)年1月	七条河原町―塩小路高倉開通
4月	京都市に中京、東山、左京区を増設
5月	百万遍―銀閣寺開通
12月	千本今出川―千本北大路開通
1930(昭和5)年3月	熊野神社―天王町開通で丸太町線が全通
5月	千本北大路―大徳寺開通
1931(昭和6)年3月	新京阪西院―四条大宮間地下線開通
4月	右京区、伏見区が誕生
9月	河原町今出川―百万遍開通
12月	烏丸車庫―大徳寺開通
1932(昭和7)年4月	トロリーバス四条大宮―西大路四条に登場
1933(昭和8)年8月	九条車庫が完成、九条車庫―大石橋開通
1934(昭和9)年10月	北大路橋―高野上開町開通で北大路線全通
	西大路七条―七条千本開通で七条線全通
1935(昭和10)年6月	西大路四条―七条開通
8月	大宮七条―九条大宮開通で千本大宮線全通
12月	千本北大路―わら天神開通
1936(昭和11)年4月	市電に女性車掌登場
11月	わら天神―白梅町開通
1937(昭和12)年4月	市電に600型低床ボギー車登場
5月	九条大宮―西大路九条開通
11月	東福寺―大石橋、九条車庫―九条油小路開通

１９３８（昭和13）年３月	木炭市バス登場
９月	西大路九条―西大路駅開通
12月	西大路七条―西大路八条開通
１９３９（昭和14）年２月	九条油小路―九条大宮開通で九条線全通
７月	西大路八条―西大路駅開通
１９４３（昭和18）年７月	百万遍―高野開通で東山線全通
10月	白梅町―円町開通で西大路線全通
１９４５（昭和20）年１月	女性運転手登場
２月	蹴上線休止
	西大路四条―天神川開通
８月	天神川―梅津開通
11月	市電気局労組、市車両労組誕生
１９４９（昭和24）年12月	市電、京福電鉄叡山線に乗り入れ
１９５０（昭和25）年４月	中型ボギー８００型登場
１９５２（昭和27）年５月	京都駅新築完成
９月	京都駅前ループ線廃止
１９５４（昭和29）年３月	銀閣寺―天王町開通
１９５６（昭和31）年10月	河原町今出川―洛北高校前開通
１９５７（昭和32）年４月	千本今出川―北野紙屋川町開通
１９５８（昭和33）年９月	北野紙屋川町―白梅町開通で今出川線全通
12月	トロリーバス西院―高畝町まで延長
	市電梅津線廃止

１９６１（昭和36）年８月	北野線廃止
１９６３（昭和38）年６月	阪急電車、四条河原町まで地下乗り入れ
１９６４（昭和39）年１月	市電料金13円から15円へ
６月	ワンマン市電登場
１９６９（昭和44）年４月	「まちづくり構想」の策定
10月	トロリーバス廃止
１９７０（昭和45）年４月	伏見、稲荷線廃止
１９７１（昭和46）年４月	「京都の市電をまもる会」結成
１９７２（昭和47）年１月	千本大宮、四条線廃止
１９７３（昭和48）年11月	マイカー観光拒否宣言
１９７４（昭和49）年４月	烏丸線廃止
11月	地下鉄烏丸線起工
１９７５（昭和50）年３月	市電全車ワンマンカーに
４月	市電外郭線軌道敷内諸車通行禁止
１９７６（昭和51）年３月	船橋市長　市電全廃声明発表
４月	今出川、丸太町、白川線廃止
１９７７（昭和52）年10月	河原町線廃止
１９７８（昭和53）年10月	北大路、九条、東山、西大路、七条線廃止

『電車のカタコト』 参考資料一覧

思い出のアルバム　京都市電物語　京都新聞社　1978年

京都の市電　古都に刻んだ80年の軌跡　立風書房　1978年

さよなら京都市電 83年の歩み
　発行：京都市交通局
　編集：京都市交通局総務課／㈱毎日写真ニュースサービス社　1978年

京都市電が走った街 今昔　古都の路面電車定点対比
　沖中忠順・著　福田静二・編　JTBパブリッシング　2000年

京都市電　最後の日々（上・下）
　高橋弘／高橋修　ネコ・パブリッシング　2009年

もう一つの語り部　被爆電車物語　加藤一孝　南々社　2015年

日本の路面電車Ⅲ　廃止路線・西日本編　原口孝行　JTB　2000年

広島電鉄株式会社ホームページ　http://www.hiroden.co.jp/

京都市交通局ホームページ　http://www.city.kyoto.lg.jp/kotsu/

あとがき

京都市電が全面廃止になって、今年（２０１８年）で40年が経ちました。

その頃、小学生だった私は、京都から市電が無くなってしまうことに一抹の寂しさを感じましたが、一方で大人たちの「自動車の通行の邪魔になるから」という言葉にも納得せざるをえませんでした。実際に、父が運転する車に乗って京都市内へ出かけたときに、渋滞でにっちもさっちもゆかなくなっている市電車両の姿を目にしており、子供心ながら「これじゃあ仕方がないのかな」と思ったのです。

当時は数年後に市営地下鉄の開通をひかえており、そちらへの期待感が高かったのも確かです。

しかし、時は過ぎて21世紀。今も京都に市電が残っていたらどんなに素敵だったろうと思いを巡らせることも増えてきました。

せめて、京都駅を出発して七条から、東大路～九条～西大路～北大路と、京都市街をぐるっと一回りする路線だけでも残されていたら。

市街の外縁部に多い観光名所も有機的につながるし、他の鉄道やバスの路線へ乗り換えをする電停を

中心に、京都のあちこちににぎわいのある盛り場が点在していたかもしれない。

それに何より、チンチン電車が醸し出す独特の風情と活気が残っていれば、京都の印象や町の個性も、また違ったものになっていたかもしれません。

まぁ、かつては邪魔者あつかいにしていたわけですから、まったく身勝手なものですが……。

明治になって、東京へ首都が移り、寂れてゆくばかりだった京都。当時の京都の人々が起死回生のために取り組んだのが、大掛かりな街の近代化でした。琵琶湖から疎水をみちびき、水力発電をおこなって街灯をともすとともに、日本初となる市街電車を１８９５年（明治28年）に開業させたのです。ドイツで世界最初の電車の営業運転が行われたのが１８８１年なので、そのわずか14年後に京都では電車を走らせていたことになります。

愛知県の明治村へ行けば、京都の近代化を支えた明治の市電車両（狭軌用車両―いわゆる「N電」と呼ばれるもの）が動態保存されています。

そして、昭和の京都を駆け抜けた戦後の京都市電車両のいくつかは、場所を変えて今も現役で頑張り続けています。その一つがこの物語でも紹介した広島です。そして、もう一つ忘れてはならないのが愛媛県の松山で活躍している伊予鉄道のモハ２０００形です。塗装は伊予鉄の他の車両と同じデザインに塗りなおされていますが、京都市電で使われていた２０００形の車体が活用されているのです。

かつて京都で働いていた車両が、複数の町で大切に使われているのは、とてもうれしく、そして素直に感謝の気持ちがわいてきます。

さあ、だんだん京都市電が懐かしくなってきたあなた。広島や松山へ出かけて、古き良き時代の車両たちと再会を果たしてみてはいかがでしょうか。

作　者

京都市内で保存・展示されている
主な京都市電の車両リスト

●10両

形式・号	軌道	保存状態	保存場所	備考
N 1 号	狭軌	静態保存	大宮交通公園	
N 2 号	狭軌	静態保存	平安神宮	
N27号	狭軌	動態保存 (動力源はリチウム電池)	梅小路公園	
505号	広軌	静態保存	梅小路公園 (市電ひろば)	市電カフェ
703号	広軌	静態保存	梅小路公園 (市電ひろば)	市電ショップ
890号	広軌	静態保存	梅小路公園 (市電ひろば)	
935号	広軌	静態保存	梅小路公園	総合案内所 (大宮入口)
1605号	広軌	静態保存	梅小路公園 (市電ひろば)	
1860号	広軌	静態保存	岡崎公園	
2001号	広軌	静態保存	梅小路公園	総合案内所 (七条入口広場)

(2018年11月現在)

なつかしの切符

●乗継券

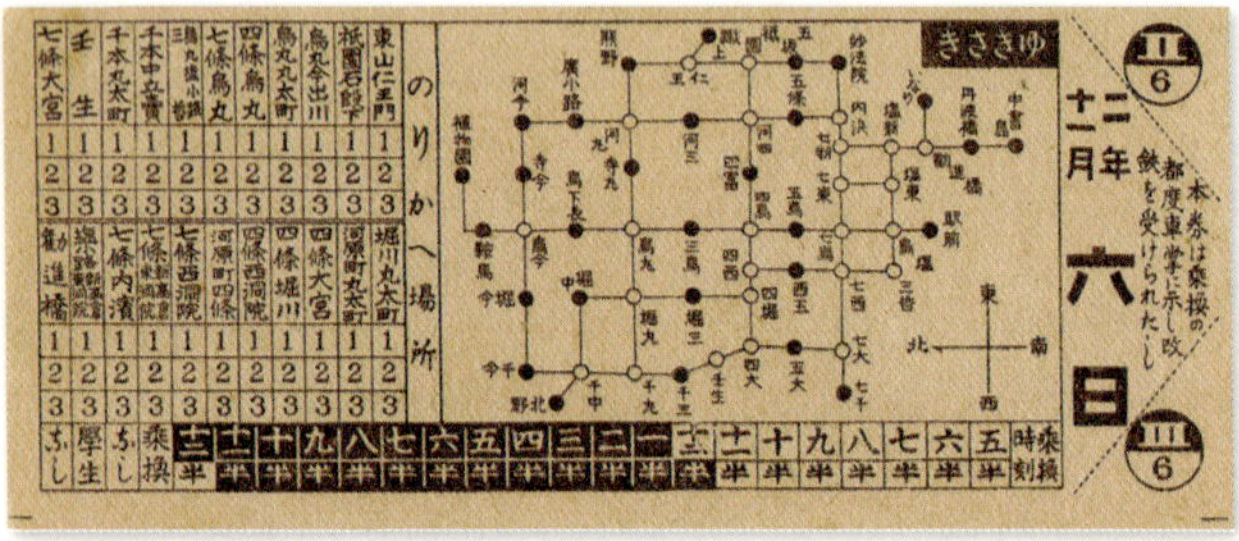

昭和2年11月6日

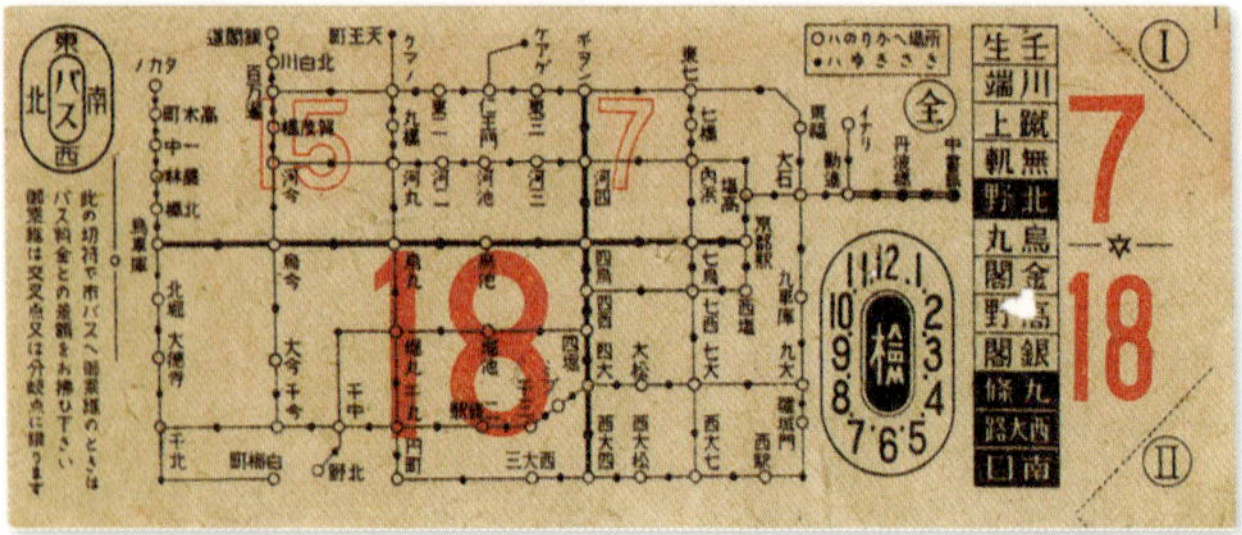

昭和15年7月18日

●記念乗車券

昭和45年3月31日

■著者紹介
文・絵
隅垣　健（すみがき　たけし）　1969年（昭和44年）、京都市生まれ。
京都府立洛水高等学校、同志社大学商学部卒業。
2010年（平成22年）、長編「夏は来たりぬ　ウィーンの森の物語」で、
紫式部市民文化賞受賞（宇治市主催）。
著書／「八月のサーカス」（京都新聞出版センター、2015年）、「エクストレイルと夜の歌」（京都新聞出版センター、2016年）

電車のカタコト

発行日　2018年12月24日　初版発行
著　者　隅垣　健
発行者　前畑　知之
発行所　京都新聞出版センター
〒604-8578 京都市中京区烏丸通夷川上ル
Tel. 075-241-6192　Fax. 075-222-1956
http://www.kyoto-pd.co.jp/book/
印刷・製本　株式会社 京都新聞印刷

ISBN978-4-7638-0708-3 C0095